천천히 쉬어가세요

～ 행복한 나무늘보로 사는 법 ～

A SLOTH'S GUIDE TO MINDFULNESS
Copyright © 2018 by Flabjacks.
All rights reserved.
No part of this book may be reproduced in any form without
written permission from the publisher.
First published in English by Chronicle Books LLC, San Francisco,
California.

Korean translation rights arranged through Icarias Agency
Korean translation © 2018 Bookrecipe

이 책의 한국어판 저작권은 Icarias Agency 를 통해 Chronicle Books LLC.와 독점
계약한 복레시피에 있습니다. 저작권법에 의하여 한국 내에서 보호를 받는 저작물이므로
무단전재와 복제를 금합니다.

천천히 쉬어가세요

∿ 행복한 나무늘보로 사는 법 ∿

글·그림 | 톤 막   옮김 | 이병률

북레시피

아주 어릴 적 나의 첫 번째 명상 가이드가 되어주셨던
어머니 오드리에게 이 책을 바칩니다.

나무늘보로 산다는 게 쉬운 일만은 아니죠.

시간도 삶도 세상도 너무 느리게 흘러가는 것만 같거든요.

작은 일 하나 하려 해도 엄청 힘을 쏟아야 하고요.

한 시간 후 . . .

어떤 날은 침대에서 빠져나오기조차 힘들 때가 있어요.

일은 해도 해도 끝이 없고,

머릿속에선 이런저런 생각들이
로켓처럼 질주해요.

천천히 산다는 게 쉬운 일은 아니죠.

모든 걸 다 하려 들면 더 힘들어질 뿐이에요.

가끔씩 만사가 귀찮고 짜증날 때가 있죠.

우리는 종종 작은 행복을 잊고 살죠.
행복은 이미 우리 안에 있는데 말이에요.
바로 우리 곁에 있기도 하고요.

마음의 눈으로 들여다보면
지금 이 순간의 행복이 보여요.

마음을 기울여보면
놀랍도록 아름다운 세상을 만나게 될 거예요.

마음을 비우면
현재를 더 분명하게 볼 수 있어요.

마음을 돌보는 데 정해진 시간 따윈 없어요.

평범한 일상 속에서도 얼마든지
마음을 다스릴 수 있어요.

마음을 챙기는 일이 쉽지만은 않아요.
어떤 날은 유독 더 힘이 들어요.
그럴 때는 너무 애쓰지 않아도 돼요.

결과만을 생각하면
지금 이 순간을 누릴 수 없어요.

명상의
제왕

이건 아니고.

지금 이 순간을 온전히 누리고 싶다면,
마음속에 자라난 두려움이나 분노, 의심의 감정 등을 따라가면서
잘 다독여주세요.

복작대는 감정들로부터
도망가거나 그걸 숨기려 할 필요는 없어요.

일단 앉아봐.

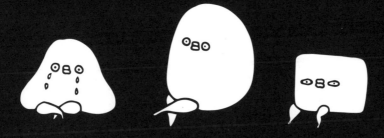

마음속의 감정들과 친구가 되어보세요.
좋은 감정도 있고 나쁜 감정도 있겠죠.

때론 안 좋은 감정들이 나타나기도 하겠지만
조금만 기다려요. 모두 사라질 거예요.

긴장을 풀고
편하게 바라보면서
생각에 잠겨보세요.

이제 그대로 유지하세요.

5분만이라도 좋아요.
그렇게 잠시 멈춰보아요.

풍선에서 바람이 빠져나가듯 마음을 비워보세요.

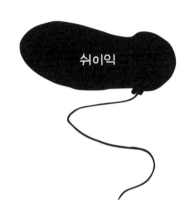

쉬이익

모든 스트레스와 부정적인 생각들이
깨끗이 씻겨 내려가는 모습을 마음속에 그려보세요.

쏴아아아아아

포근하고 아늑한 공간에서 편히 쉬고 있는 모습을 떠올려보세요.

별빛 아래 편안하게.

여전히 마음이 싱숭생숭할 수 있어요.

그래도 포기하지 마세요.

휴우

싱그러운 햇살을 받으며 걸어보아요.

두 팔 벌려
자연을 힘껏 안아주세요.

사소한 걱정거리는
그냥 웃어 넘겨버려요.

하하하

작은 친절이라도 베풀어봐요.

이 땅콩을 보자마자
네가 생각났지 뭐야!

감사의 마음을 전해요.

우리가 깨우치는 만큼
행복은 커져요.

먹을 땐 천천히 한 입 한 입 음미하면서,
그 시간을 즐겨요.

누군가와 대화할 땐 상대방의 이야기에 귀 기울여주세요.

걸을 땐,

걷는 것만 생각하세요.

서두를 것
하나 없어요.

지금 이 순간에 집중하세요.

잘 안 돼도 괜찮아요. 늘 좋은 결과만 있을 수는 없잖아요.
잠깐 쉬어가도 괜찮아요.

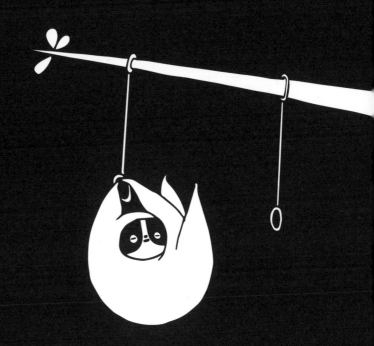

조용히 집중하며
마음의 소리를 들어봐요.

먼저 다리를 포개어 앉는 게 중요한데
편안하게 느껴진다면 된 거예요.

이번엔 몸을 둥그렇게 만들어볼까요.

똑바로 서보기도 하고요.

편안하게 누워도 보아요.

자신에게 맞는 가장 편안한 자세를 취해보세요.

몸의 중심을 찾으면 평온함을 느낄 수 있어요.
천천히 눈을 감고
평온함 속으로 들어가세요.

느낌이 어때요?

불편한 데가 있나요?

호흡은 어떤가요?

몸의 감각을 깨워보세요.

바닥에 닿아 있는 몸을 온전히 느껴봅니다.

숨을 내쉬고 들이마실 때마다
배가 부풀어 올랐다가 다시 꺼지는 것에 집중하세요.

깊이 호흡해주세요.

들이마시고,

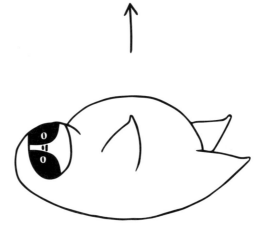

내쉬고.

숨결 하나하나가 온몸 구석구석으로 퍼져나가는 걸 상상해보세요.

얼굴은 찌푸리지 말고 웃어요.

마음이 싱숭생숭하다면
　　지금 당신을 에워싼 침묵과
　　당신이 자리한 공간과
　　호흡에만 집중해보세요.

생각의 방향이 어디로 흐르는지 지켜보세요.
너무 오래 바라보진 말고요.

강렬한 감정에 마음이 흐트러질 수도 있으니까요.

다시 한 번 천천히, 몸과 호흡에 집중하고
마음을 가다듬어봅니다.

한순간만이라도 생각을 떨쳐버릴 수가 없네요.

그러니 그냥 흐르는 대로 내버려두어요.
결국 다 지나가버릴 테니.

다시 일상으로 돌아오고 싶다면, 천천히 눈을 떠보세요.

그리고 천천히 앞으로 나아가세요.
느려도 괜찮으니 걱정 말아요.

이제 나를 둘러싼 아름다운 세상을 맘껏 즐기세요.

나무늘보가 마지막으로 전하는 말이 있어요.

꿈은 크게.
노력은 꾸준히!

자신에게 휴식시간을 주는 거 잊지 말고요.
차도 한잔 마시면서.

흥얼흥얼, 노래도 부르며

파도에 몸을 맡겨보기도 해요.

좋은 경치를 만나면
그 자리에 머물러보고요.

실수를 두려워하지 말아요.

자신을 억누르지 않는다면
인생은 멋진 모험이 될 거예요.

아니,
난 이대로가 좋아.

남들을 의식하지 말고
나만의 속도로 나아가요.

마음의 소리를 들어봐요.

자신을 믿고 나아가세요.

그리고 우리 앞의 모든 것들에
감사한 마음을 가져요!

나무늘보의 말을 옮기며

세상에서 가장 소중한 게 뭐냐고 묻는다면
사람이라고 대답하겠습니다.
세상에서 가장 아름다운 게 뭐냐고 묻는다면
사람의 마음이라고 대답할 거고요.

세상에서 가장 슬픈 것이 뭐냐고 묻는다면
사람의 마음이 굳게 닫히는 거라고 대답하겠습니다.

이 세상, 모든 문제의 열쇠는 사람만이 가지고 있다지요.
그렇다면 마음은, 세상 모든 문을 열 수 있는 비밀번호입니다.

소중한 사람들과 나누고 싶은 넘치는 마음을,
여기 이 책에 담았습니다.

쉽게 지치고 상처받는 일이 많은 당신과
이 책의 여운을 함께하겠습니다.

이병률 (시인 · 여행작가)

톤 막
Ton Mak

비주얼 아티스트이자 작가. 플랩젝스FLABJACKS로 더 잘 알려진
홍콩 출신의 작가 톤 막은 뉴질랜드와 영국을 오가며 성장하였고
대학에서는 인류학을 공부했다.

나무늘보를 좋아하고, 고구마와 핫 티를 좋아하는 그녀의 특별함은
톡톡 튀며 친근하고 귀여운 이미지들, 또 둥글둥글하고 토실토실한
동물들 시리즈를 그리는 데서 찾을 수 있다. 유쾌하고 긍정적인
에너지를 가진 톤 막의 세계, 더 많은 행복한 일들이 벌어지는
작품세계를 보고 싶다면 www.flabjacks.com으로 오시라.

옮긴이 | 이병률 시를 쓰는 여행자로 산다. 책을 읽고, 책을 만들기 위해 꾸며놓은 파주의 카페 작업실에서 커피를 볶고 내린다. 하늘에서 내리는 눈, 비, 바람에 반응한다. 일 년 사계절, 나무가 변화하는 풍경에 마음을 자주 빼앗긴다. 가끔 사람들로부터 명상을 하느냐는 질문을 받는다. 한 달에 열흘은 나무늘보로 변신해서 산다. 『찬란』, 『바람의 사생활』, 『눈사람 여관』, 『바다는 잘 있습니다』 등의 시집과 여행 산문집 『끌림』, 『바람이 분다 당신이 좋다』, 『내 옆에 있는 사람』 등이 있다.

천천히 쉬어가세요
행복한 나무늘보로 사는 법

초판 1쇄 발행 · 2018년 11월 30일

글/그림 · 톤 막
옮긴이 · 이병률
펴낸이 · 김요안
편집 · 강희진
디자인 · 김이삭

펴낸곳 · 북레시피
주소 · 서울시 마포구 신수로 59-1, 2층
전화 · 02-716-1228 | 팩스 · 02-6442-9684
이메일 · bookrecipe2015@naver.com | esop98@hanmail.net
홈페이지 · www.bookrecipe.co.kr | https://bookrecipe.modoo.at/
등록 · 2015년 4월 24일(제2015-000141호)
창립 · 2015년 9월 9일

ISBN 979-11-88140-48-0 02840

종이 · 화인페이퍼 | 인쇄 · 삼신문화사 | 후가공 · 금성LSM | 제본 · 신안제책

이 도서의 국립중앙도서관 출판예정도서목록(CIP)은 서지정보유통지원시스템 홈페이지
(http://seoji.nl.go.kr)와 국가자료공동목록시스템(http://www.nl.go.kr/kolisnet)에서
이용하실 수 있습니다. (CIP제어번호: CIP2018036437)

한국 독자들에게

2018년 초 전시회 준비를 위해 한 달 동안
서울에 머물렀던 적이 있습니다. 도시와 문화의 경이로움에
빠져 천천히 맘껏 그 시간들을 음미했지요.

한국은 내 마음속에 언제나 특별한 곳으로 남아 있게 될 거예요.

김치와 두부찌개, 그 밖의 모든 음식이 황홀했습니다. 한국에서
접했던 다양한 경험이 매우 특별하고 잊을 수 없는 추억을
만들어주었죠. 공원을 산책하고, 산사를 걷고, 고풍스러운 분위기의
커피숍에서 차를 마시기도 했습니다. 멋지고 활기찬 예술 공연을
감상하며 즐거운 시간들을 보내기도 했고요.

나무늘보 책이 내가 사랑하는 한국을 여행할 수 있게 되어
매우 기쁘고 감사합니다. 우연히 이 작은 책을 발견한 사람들이
조금이라도 더 행복해지기를 진심으로 바랍니다.

모두의 마음속 나무늘보를 위하여

-톤